INFEDELE

ROBERTO BRACCO

Texte et illustration de couverture : © domaine public
Edition : Culturea (Hérault, 34)
Contact : infos@culturea.fr
Retrouvez notre catalogue sur http://culturea.fr
Imprimé en Allemagne par Books on Demand
Design typographique : Derek Murphy
Layout : Reedsy (https://reedsy.com/)

Dépôt légal : janvier 2023
Tous droits réservés pour tous pays

ISBN : 9791041841240

PERSONAGGI:

Contessa Clara Sangiorgi, 24 anni.
Conte Silvio Sangiorgi, 29 anni.
Gino Ricciardi, 28 anni.

ATTO PRIMO

Un salotto elegante, bene illuminato da lampadine elettriche. Una porta in fondo; due porte laterali. Nel mezzo della stanza, fra le altre suppellettili graziose, una doppia poltrona dos-à-dos. Su qualche seggiola e su qualche tavolino, il mantello magnifico e la ciarpa di merletto della contessa Clara, la pelliccia, il cappello, il binoccoletto, i guanti e il bastone del conte Silvio.

SCENA I

CLARA *e* SILVIO, *poi* UN SERVO.

Clara

(innanzi ad uno specchio, dopo di essersi lungamente mirata) Che ne dici? Ti va?

Silvio

(seduto sopra una seggiola a sdraio, fumando una sigaretta) Il *Lohengrin*?

Clara

No. La mia acconciatura.

Silvio

Credevo che tu parlassi ancora del *Lohengrin*. Sì, mi va.... Io poi ho una competenza molto limitata.

Clara

Per il ritratto a pastello vorrei posare proprio in questa *toilette*.

Silvio

De Negris è un provetto ritrattista... Ti rimetterai al suo parere.

Clara

(sempre mirandosi allo specchio) Non ti pare un po' troppo scollata?

Silvio

Voltati, fammi vedere. *(Clara si volta. Egli dissimula il fastidio che gli produce la eccessiva scollatura)* No... Troppo scollata non mi pare....

Clara

Guardami bene in faccia.

Silvio

Ti guardo.

Clara

(ridendo) Ah! ah! ah!

Silvio

Che c'è?

Clara

I tuoi occhi non hanno la stessa opinione della tua bocca. Sai che dicono essi?

Silvio

Sentiamo.

Clara

Dicono... dicono: «che indecenza!».

Silvio

Nondimeno, io non te ne faccio una colpa! La decenza non è che una diplomazia delle donne, perchè tutto ciò che esse nascondono aumenta di valore. Non è indispensabile, quindi, che alle fanciulle... affinchè possano trovare marito.

Clara

Obbedisco alla moda, io!

Silvio

Ma la moda per le donne la fanno le donne.

Clara

Anche gli uomini, sai.

Silvio

Oh! gli uomini, al più al più, fanno la moda per le donne altrui.

Clara

Lo vedi, lo vedi che sei scontento!

Silvio

Dio mio, se mi stuzzichi, mi fai dire quel che non vorrei dire.

Clara

(rimproverandolo con affetto) E credi mi basti che certe cose tu non le dica? Credi male. Io desidero che tu non le dica e non le pensi. (Si sdraia sopra un canapè.)

Silvio

Sottilizzi sempre, tu. E sottilizzi troppo!

Clara

(*col tono con cui si parla ad un bimbo*) Poverino, poverino! Che pretendono da lui?... Che pretendono? (*Pausa.*) Qui... vicino a me... vicino a questo mostro di moglie....

Silvio

(*va a sederle accanto*)

Clara

(*lisciandogli la barbetta*) Passa?

Silvio

Tranquilla!...

Clara

Passa?

Silvio

Cosa passa?

Clara

Il malumore per la scollatura?

Silvio

(*sorridendo bonariamente*) Eh, sì! Il malumore passa..., ma la scollatura resta.

Clara

Via, chiudi un po' gli occhi....

Silvio

Preferirei, veramente, che li chiudessero gli altri. Ma purtroppo!... (*Sospirando, si alza*) Di': non è l'ora d'andare?

Clara

Sì: va pure.

Silvio

E tu?

Clara

Io aspetto Ricciardi. L'ho pregato di accompagnarmi.

Silvio

(con falsa disinvoltura) Sicchè... posso andare?

Clara

Ma sì.

Silvio

(lentissimamente, prende il cappello, la pelliccia, i guanti, il binoccoletto, il bastone. Poi, ad un tratto, rimette tutto sopra un mobile. Poi, riprende la pelliccia e adagio adagio l'indossa. Poi, riprende il bastone, il binoccoletto, i guanti, il cappello.) Dunque, vado!... *(Indugiando)* Buona sera, eh?

Clara

Verrai a farmi una visita, o resterai tutta la serata, come al solito, sprofondato nella tua poltrona?

Silvio

Se non ci sarà troppa gente nel tuo palco, verrò. *(Si avvia per andarsene.)*

Clara

(quando egli è giunto all'uscio in fondo) Silvio!...

Silvio

Clara? *(Ritorna.)*

Clara

Che è?

Silvio

Non mi hai chiamato?

Clara

No. Ho semplicemente pronunziato il tuo nome: «Silvio», così, per tenerezza: non t'ho mica chiamato...

Silvio

Avevo creduto....

Clara

Va, va.

Silvio

(arriva un'altra volta sino all'uscio: si sofferma).... E se Ricciardi non venisse?...

Clara

Verrà, verrà.... Oh! non dubitare, verrà.

Silvio

Però... non sarebbe meglio che aspettassi anch'io?

Clara

Sarebbe meglio, perchè?

Silvio

Perchè... se, per una circostanza qualunque, egli non venisse, t'accompagnerei io: è semplice.

Clara

Ti assicuro che verrà....

Silvio

D'altronde, si potrebbe andare tutti insieme....

Clara

(recisa) Questo, poi, no!

Silvio

In fin dei conti, non t'ho detto nulla di così strano.

Clara

Silvio! Silvio! Che hai stasera? Che significa questa recrudescenza?

Silvio

Recrudescenza di che?

Clara

Di che? Lo vuoi proprio sapere? Lo vuoi proprio sapere? Recrudescenza di... ge-lo-si-a.

Silvio

Io, geloso!

Clara

Tu geloso, sì, tu, tu! E ciò non va bene! Di tanto in tanto, caro Silvio, tu dimentichi il nostro patto.

Silvio

Io lo ricordo e lo mantengo.

Clara

Tu non lo mantieni niente affatto!

Silvio

(col pretesto della briga, ritorna di nuovo, molto felice di restare) E io ti ripeto che lo mantengo. Oh bella! Dov'è questa mia famosa gelosia? Tu vai, vieni, fai quello che ti pare e piace.... Io non sono mai vicino a te.... Il tuo salotto è sempre pieno di giovanotti.... Te li conduci a teatro, te li conduci alla passeggiata, te li metti in carrozza, a tutte le ore, coi loro grandi carciofi all'occhiello e con quell'aria sfiaccolata di conquistatori esausti.... Ti scrivono delle lettere, tu ne scrivi a loro, e io non so che diamine avete da scrivervi dopo che vi siete visti quattro volte in una giornata!... Essi ti circondano, ti sequestrano, ti assediano, ti mangiano con gli occhi, ti esaminano dalla testa ai piedi e... dai piedi alla testa, ti chiamano confidenzialmente: Clara: Clara, *tout-court*, così come chiamerebbero una di quelle donnine a cui..., quando non possono dare altro, si contentano di dare del *tu*... e io? Io, zitto: lascio fare, lascio dire, e non un lamento, non un rimprovero, non un'osservazione, e, con una santa pazienza, aspetto ch'essi ne abbiano abbastanza per ricordarmi d'essere tuo marito. Era questo il programma della nostra vita? Era questo il programma enigmatico proposto... cioè, che dico?..., *imposto* da te? E io mi ci sono uniformato....

Clara

Per forza....

Silvio

Ma giacchè vedo che è stato inutile, sì, te lo voglio dire: la corte di Gino Ricciardi m'impensierisce, mi secca. Egli è più vanesio, ed è forse meno imbecille degli altri. Anzi... è un giovane intelligente, esperto, simpatico, colto, infarinato d'arte e di letteratura, ed è abituato a non farsi canzonare. Sicuro! Gino Ricciardi è un pericolo:... è un pericolo anche per una donna onesta.

Clara

Anche per me?

Silvio

Un uomo non sarebbe pericoloso se non lo fosse per tutte le donne!

Clara

E una donna non sarebbe onesta se non lo fosse per tutti gli uomini! *(Pausa.)* Ma già, perchè discutere? *(Severa, nervosa)*.... Forse, non ci tengo neppure a essere una donna onesta, e non so neppure se lo sono. Ti sposai solamente perchè t'amavo; ti sono fedele solamente perchè t'amo. Se questa è onestà, io sono onesta. *(Sempre acre, sempre nervosa)* E del resto, tu lo sai, tu lo comprendi come e quanto io t'ami. Se tu non lo comprendessi più, io non ti amerei più. Ed è questa, in fondo, la chiave del sedicente enigma. Non mi basta, no, che tu non sembri geloso; è necessario che tu non lo sii. Il nostro patto dovea consistere non soltanto nella forma, ma anche nella sostanza. «Io, fedele; tu, fiducioso....» Ma tu, a quale programma ti sei uniformato? Sciocco! Credi tu che io non m'accorga delle tue continue indagini e di tutto ciò che fai allo scopo di ricostruire minutamente la mia giornata, di controllare quel che ti racconto, di tenermi d'occhio, di spiarmi?

Silvio

Di spiarti?!...

Clara

Di spiarmi, e peggio ancora. Un mese fa hai perfino aperta una lettera diretta a me!

Silvio

Clara!

Clara

Eppure, finsi di niente, perchè... *(con un moto d'orgoglio e di gentilezza pietosa)* perchè mi facesti pietà. Ma, bada, Silvio. Te lo avvertii quando eravamo sposati da pochi giorni e te lo avverto ora, solennemente, per l'ultima volta: la gelosia, a lungo andare, mi renderebbe infelice, e la infelicità potrebbe rendermi colpevole. Tanto, il mio carattere non so cambiarlo. Sono nata così. Io non commetterò mai neanche un peccato di pensiero; ma non rinunzierò mai alla mia innocua libertà!... Sono civetta? Meglio! La civetteria di una moglie serve a tante cose! — Prima di tutto la civetteria è la valvola di sicurezza dell'onestà femminile, e poi è un eccellente regime per guarire la gelosia d'un marito. Ti sono e ti sarò fedele illimitatamente; ma saresti indegno di questa mia fedeltà se tu mi offendessi col dubbio, con la diffidenza, col sospetto. E, vedi, *(molto energica)* ti giuro che il giorno in cui tu osassi d'accusarmi davvero, io — mettitelo bene in mente, Silvio — io mi risolverei a tradirti davvero. E adesso vattene a teatro, e arrivederci.

(Un silenzio.)
Silvio

(umile) Arrivederci. *(Indugiando ancora)* Ora, sei in collera con me?...

Clara

Non sono in collera, no.

Silvio

Mi perdoni?

Clara

Ti ho già perdonato: e ti perdonerò anche meglio....

Silvio

(con ansia affettuosa) Quando?

Clara

Più tardi, più tardi....

Silvio

Ma quando?

Clara

... Te lo dico all'orecchio....

Silvio

Dimmelo forte: non c'è nessuno.

Clara

Come! Ci sei tu in frac e cravatta bianca, e ci sono io in gran *toilette*. In questi abiti, non si è mai veramente soli.

Silvio

E allora dimmelo all'orecchio.

Clara

(gli dice qualche cosa all'orecchio con graziosità intima e birichina.)

(Tutti e due ridono molto vivacemente.)
Clara

Ti conviene?

Silvio

Altro che mi conviene!... *(Continuando a ridere)* Che matta!...

Un servo

(annunzia) Il signor Ricciardi. *(Via.)*

Clara

L'uomo del pericolo!

Silvio

Io te lo lascio tutto intero... sai... e me ne fuggo... perchè non vorrei che egli s'illudesse di darmi delle preoccupazioni.... *(Si avvia precipitosamente.)*

SCENA II

GINO RICCIARDI, CLARA, SILVIO.

Silvio

(incontrandosi con Gino Ricciardi ed esagerando eccessivamente la fretta)
Oh! caro Gino... ti aspettavamo..., cioè, mia moglie t'aspettava.... Io
corro.... Non voglio perdere neanche una nota....

Ricciardi

Ma un momento... non scappare così ...

Silvio

Ho fretta... ho fretta.

Ricciardi

È inutile d'aver fretta: il *Lohengrin* di stasera è andato a monte.

Silvio

(fermandosi) Davvero?

Ricciardi

(stringendo la mano a Clara) L'ho saputo un'ora fa.

Clara

E invece del *Lohengrin*?

Ricciardi

Invece del *Lohengrin*... mi hanno annunziata la solita *Gioconda*.

Clara

Ah, io ve la regalo! Preferisco starmene in casa. Meno male per Silvio, a cui la *Gioconda* piace.

Silvio

No... in verità... non ho mai detto che la *Gioconda* mi piace.

Ricciardi

A me lo hai detto.

Silvio

L'ho detto a te?!

Clara

(guarda Silvio significativamente, avvertendolo così di non cercare pretesti per rimanere.)

Silvio

(intende.)

Ricciardi

(celiando) Tante volte!

Silvio

(celiando anche lui, ma a malincuore) Se tu mi assicuri... che io sono entusiasta della *Gioconda*, me la vado subito a godere.

Clara

Divèrtiti. E ti raccomando le danze.

Silvio

Nella *Gioconda* non c'è che la danza... delle *Ore*.

Ricciardi

Bada: ore carine, ma *perdute*.

Silvio

Per conto mio, molto perdute!... Buona sera!

Ricciardi

Buona sera!

Silvio
(esce.)

SCENA III

CLARA *e* RICCIARDI.

Clara

(sedendo) Venite qua, Gino. Avvicinatevi.

Ricciardi

(resta in piedi, lontano.)

Clara

Avvicinatevi.

Ricciardi

Non troppo, Clara. Stasera siete....

Clara

Sono?... Come sono?

Ricciardi

Stasera avete....

Clara

Cosa ho? *(Guardandosi)* Nulla più del solito.

Ricciardi

(accennando appena con un gesto alla scollatura) Anzi... qualche cosa di meno....

Clara

Vi turba? Rimedieremo. Prendetemi quella ciarpa.

Ricciardi

(prende la ciarpa di merletto che era sopra una sedia) Questa?

Clara

Sì, questa.

Ricciardi

(gliela porge.)

Clara

(senza prenderla) Copritemi le spalle.

Ricciardi

Solamente... le spalle?

Clara

Sbrigatevi, e finite di dire delle sciocchezze!

Ricciardi

(le avvolge la ciarpa di merletto intorno al collo con molta lentezza e con lo sguardo argutamente indiscreto.)

Clara

Mio Dio! Come siete lento!

Ricciardi

Se fossi cieco, potrei essere più svelto. Ecco... È fatto. *(Sospira.)*

Clara

Sedete. Parlate. Vi confesso che avrei preferito il *Lohengrin* a voi. Ma vi confesso pure che esclusivamente voi potete in certo modo sostituirlo. Siete mezzo poeta, e nelle vostre parole c'è sempre un po' di musica. Parlate.

Ricciardi

(siede) Ma poichè *Lohengrin* è costretto ad andarsene quando rivela il suo segreto, io, che non ho l'intenzione di andarmene, mi guarderò bene dal rivelare il mio.

Clara

Voglio sapere il segreto.

Ricciardi

Vi ripeto che non ho punto l'intenzione d'andarmene.

Clara

Garantisco che resterete.

Ricciardi

Promettetemi che, in ogni caso, sarete voi che mi obbligherete a restare.

Clara

Ve lo prometto! Fuori il segreto!

Ricciardi

Il segreto è che... il segreto è che io ho detto una bugia.... Stasera, al San Carlo, niente *Lohengrin*... e niente *Gioconda*.

Clara

E che spettacolo c'è?

Ricciardi

Nessuno. Raffreddore generale a porte chiuse.

Clara

(in collera) E perchè avete mentito?

Ricciardi

Perchè?... Perchè, vedendo che vostro marito era molto disposto ad andare a teatro, io, che volete?, non ho avuto il coraggio di rinunziare... alla sua assenza.

Clara

Ma io non vi permetto di trattare mio marito come un fanciullo; no, non ve lo permetto!...

Ricciardi

Ecco, vedete, ora state lì lì per mandarmene via.... Se ve l'ho detto che dovevo tacere....

Clara

Non vi mando via; ma voi sarete punito lo stesso. E sapete come?... Silvio sospetterà la ragione della vostra bugia, e tornerà subito.

Ricciardi

Non è geloso, e non sospetterà.

Clara

Tutt'i mariti sono gelosi quando *non* sono stati traditi.

Ricciardi

E vi dà delle noie la sua gelosia?

Clara

Non me ne dà, ma io me ne piglio.

Ricciardi

Ecco un inconveniente che voi potete eliminare con molta facilità. Se è vero che i mariti sono gelosi proprio quando *non* sono traditi, per ottenere che il vostro *non* sia geloso basterà... che prendiate un piccolo provvedimento.

Clara

Tradirlo!

Ricciardi

Appunto!

Clara

Con voi!

Ricciardi

Con me, o con un altro. Io preferirei, s'intende, e lo faceste con me.

Clara

Avete ragione, mio caro Gino; ma non c'è nulla di più incomodo che un tradimento.

Ricciardi

Non vi ci siete, finora, provata.

Clara

Chi ve l'ha detto?

Ricciardi

Ne sono convinto.

Clara

E mi fate la corte!

Ricciardi

Naturale!

Clara

Perchè me la fate?

Ricciardi

Perchè vi amo!

Clara

Senza speranze....

Ricciardi

È sempre probabile che accada precisamente quel che non è mai accaduto!

Clara

Ma, qualche volta, non è accaduto precisamente, *(sottolineando)* quel che non può mai accadere.

(Un silenzio.)
Ricciardi

(accostandosele di più) Vi sentite così forte, Clara?

Clara

Fortissima!

Ricciardi

Proprio?

Clara

Inespugnabile!

Ricciardi

Addirittura!? *(Pausa.)* Mi permettete... — per una vostra indulgente concessione di gran signora dello spirito — mi permettete di dirvi tutto quello che penso?

Clara

Ve lo permetto.

Ricciardi

(con un piccolo gesto descrittivo) Anche se io debba rasentare... l'impertinenza?

Clara

Rasentate *(imitandone il gesto)*... quel che volete.

Ricciardi

Voi vi sentite forte; ma — scusate — in che consiste la vostra forza?

Clara

Ho da rispondere?

Ricciardi

No. Rispondo io.

Clara

Ottimo metodo per discutere!

Ricciardi

La vostra forza, Clara, non consiste che nel sapervi debole.

Clara

Se desiderate ch'io capisca, siate più limpido.

Ricciardi

Mi spiego. Guardatemi negli occhi....

Clara

«Che sono tanto belli!»

Ricciardi

Non scherziamo!

Clara

Dunque?

Ricciardi

Voi siete inespugnabile, perchè il vostro nemico non è mai in condizione di circuirvi, di assediarvi, di assaltarvi: non è mai in condizione di... aprire la breccia.

Clara

Al contrario! Io vivo in un permanente stato d'assedio. Non faccio che circondarmi di seduttori. Mi fareste l'offesa di non accorgervi della mia civetteria?

Ricciardi

Ci tenete?

Clara

Ci tengo.

Ricciardi

Me ne dispiace tanto, perchè ho da dirvi che, vostro malgrado, voi non appartenete alla categoria delle... delle civette autentiche. Voi siete migliore di esse, cioè più donna, cioè più affine all'uomo, cioè più attratta da lui, cioè... più pericolante. Esse, vedete, osano tutto; eppure non c'è caso che caschino. Hanno il potere e lo serbano. Diamine! Una civetta che finisce con l'avere un amante è come un sovrano che abdica. Voi, invece, non lo avete per la semplice ragione... — perdonatemi se abuso del permesso di rasentare l'impertinenza — voi non lo avete per la semplice ragione che... lo evitate. Infatti, quali sono gli esperimenti della vostra resistenza? Quali sono? Il vostro *boudoir* è sempre pieno di troppa gente; e quando non c'è la gente, ci sono le porte aperte, il che è lo stesso; le vostre passeggiate non le fate che al cospetto del mondo; le vostre conversazioni non possono avere mai niente d'intimo e non possono esporvi agli attacchi dell'altrui sapienza e dell'altrui valore....

Clara

Non c'è che dire: parlate assai graziosamente!

Ricciardi

(*continua, ascoltandosi*) Vantate la vostra impassibilità? Non ne avete il diritto. Di quale seduzione avete voi trionfato? Quattro chiacchiere, una stretta di mano, uno sguardo, un mazzo di fiori, un *tête-à-tête* in carrozza aperta nelle ore in cui le vie rigurgitano.... Oh! queste cose non sono una seduzione. Ed io, per esempio, che vi faccio la corte e che non ho nessuna voglia di rinunziare a voi, quale ragione ho d'esser convinto della vostra inespugnabilità? Voi sfuggite tutte le occasioni in cui io sarei — lo dico con una frase da tenore — «nella pienezza dei miei mezzi»; voi sfuggite tutte le occasioni in cui *io* potrei essere *io*; — voi insomma, presentite dove e come e quando comincerebbe la vostra debolezza: ed ecco, vi ripeto, ecco qual'è la vostra forza.

Clara

Sicchè, concludiamo: io ho paura di voi.

Ricciardi

Non lo so, ma nulla m'impedisce di crederlo.

Clara

Se vi fa piacere di crederlo, accomodatevi pure.

Ricciardi

Lo vedete! Vi schermite. Se foste sicura di voi stessa, mi sfidereste.

Clara

Dio buono! Sarebbe crudele e superfluo defraudarvi d'un trionfo immaginario!

Ricciardi

Attenta! Ciò che dite è arguto, ma vi denunzia sempre più debole. Scommetto che se v'invitassi a disilludere la mia immaginazione, voi rifiutereste l'invito.

Clara

Come siete complicato stasera! Via, semplifichiamo.

Ricciardi

Semplifichiamo. Volete dimostrarmi, realmente, di sapermi respingere?

Clara

O che! Parlate sul serio?

Ricciardi

E se parlassi sul serio?

Clara

Mi divertirei un mondo.

Ricciardi

E acconsentireste a darmi una prova?

Clara

Senza dubbio.

Ricciardi

Posso farvi la mia proposta?

Clara

Fatela.

Ricciardi

Non ve ne pentirete?

Clara

Non me ne pentirò. Fatela!

Ricciardi

Ebbene, vi propongo... di venire in casa mia!

Clara

In casa vostra?

Ricciardi

In casa mia.

Clara

(scoppiando a ridere) Ah ah ah!... la gran prova non è che questa?

Ricciardi

Abito solo.

Clara

Benissimo.

Ricciardi

Vi troverete per la prima volta vicino a me, in un ambiente segreto, fra quattro mura, senza testimoni....

Clara

Benissimo.

Ricciardi

Senza porte aperte....

Clara

Benissimo.

Ricciardi

Senza difesa!

Clara

Benissimo.... E poi?

Ricciardi

E poi... e poi vedremo. Accettate?

Clara

(ridendo sempre più forte) Sicuro che accetto. Ah! ah! ah!

Ricciardi

Ma che! Voi non verrete!

Clara

Ed io vi dico che ci verrò.

Ricciardi

Su, dunque: quando verrete?

Clara

Domani.

Ricciardi

L'ora?

Clara

Alle due?

Ricciardi

Alle due.

Clara

Le armi?

Ricciardi

Le sceglieremo sul terreno!...

Clara

Sta bene!

Ricciardi

(ammonendola, diffidente) Contessa Clara!...

Clara

Signor Gino!... Sino a domani, è vero, voi potete dubitare di tante cose, ma della mia parola... no!

Ricciardi

È giusto....

Clara

Grazie!

Ricciardi

(galantemente, alzandosi) E adesso, è necessario separarci.

Clara

Separarci?!

Ricciardi

Quando è corsa una sfida, i due avversari non hanno più nulla da dirsi, e non *debbono* dirsi più nulla.

Clara

Perfettamente. *(Si leva e lo congeda con una profonda e lunga riverenza settecentesca.)* Signore...

Ricciardi

(inchinandosi caricatamente) Contessa....

Clara

A domani?

Ricciardi

A domani. *(Sta per uscire. — Silvio entra.)*

SCENA IV

SILVIO, CLARA, RICCIARDI.

Ricciardi

Oh!...

Silvio

Destinàti ad incontrarci sempre sul peggio passo: quello dell'uscio.

Ricciardi

(un po' imbarazzato) Già di ritorno?

Silvio

(ingoiando un po' di rabbia e fingendo di celiare) Sai, per istrada, mi sono accorto che decisamente la *Gioconda*... non mi piace.

Ricciardi

Va là, che avrai trovato il teatro chiuso.

Silvio

Eh eh!... Come hai fatto a indovinare?

Ricciardi

Anche l'altra sera dapprima si mutò cartello, e poi si tolse completamente.

Clara

Bisognerebbe protestare.

Silvio

(alquanto acre) Sì, bisognerebbe protestare...; ma per questa volta... non protesteremo.

Ricciardi

Ci vediamo al club?

Silvio

Per ora, rimango in casa: ho un po' d'emicrania.... E te ne vai così presto?

Ricciardi

Un momento fa tua moglie mi ha messo alla porta.

Clara

Non è vero. Si è messo alla porta da sè.

Silvio

(a Ricciardi, con esagerazione) Ma resta, resta ancora un poco.

Ricciardi

No, Silvio, me ne vado....

Silvio

Te ne prego. Anche Clara te ne prega.

Clara

Io, no.

Silvio

(sinceramente sorpreso) Oh!

Clara

Per una ragione che non posso dire, io stasera... non debbo più parlare con lui.

Silvio

Ah? Tu non devi? *(Guarda tutti e due più acutamente che egli non voglia mostrare. Pausa. — A Ricciardi:)* Lei... non deve?

Ricciardi

(mal celando l'imbarazzo).... Lei non deve.

Silvio

Be'!... allora, vattene.

(Un lunghissimo silenzio fastidioso, in cui pare che tutti e tre aspettino qualche cosa.)

Ricciardi

(a un tratto, risolutamente) Di nuovo, contessa!

Clara

Di nuovo....

Ricciardi

Arrivederci, Silvio!

Silvio

Arrivederci!

Ricciardi

(esce di corsa.)

SCENA V

CLARA *e* SILVIO.

Silvio

(sforzandosi di sembrar calmo e gaio) Cos'è tutta questa faccenda?

Clara

Mistero!

Silvio

Io non sono punto curioso e non voglio punto sapere di che si tratti.

Clara

Persuasissima.

(Pausa.)

Silvio

(prende un giornale, siede sopra una delle poltroncine del dos-à-dos *e finge di leggere.)*

Clara

(gli si avvicina con affetto) Di': hai veramente l'emicrania?

Silvio

Un poco.

Clara

Che fai?... Leggi il giornale capovolto?

Silvio

Io?... Ah, sì!... *(Addrizzandolo)* Tanto, è lo stesso.

Clara

Non sei di cattivo umore?

Silvio

Che! che! Sono così allegro! *(Ride falsamente, meccanicamente.)* Ah ah ah! Non lo vedi?

Clara

Vogliamo andare insieme da lady Wolff?... Vogliamo starcene qui come due colombini?...

Silvio

(con eccessiva gentilezza) Ma perchè non ci vai sola da lady Wolff? C'è giù la carrozza: profittane. Va, piccina mia, va....

Clara

E se non volessi andarci sola?

Silvio

Mio Dio! Che novità, stasera!

Clara

Che novità! Che novità! Avevo stabilito di passare con te il resto della serata. Ti secca?

Silvio

Anzi!

Clara

Ebbene..., *(tocca il bottone del campanello)* resteremo in casa.

Silvio

Tanto meglio, cara.

Il servo

(entra.)

Clara

Avvertite giù che non ricevo. E dite al cocchiere che stasera non si esce. *(A Silvio)* Va bene? *(Al servo)* Per domani poi.... *(Riflette.)*

Silvio

Ricòrdati che domani verrà De Negris per cominciare il famoso ritratto.

Clara

Stordita!... A che ora verrà?

Silvio

Non so.... Dall'una alle due, disse.

Clara

All'una facciamo colezione.

Silvio

Dopo.

Clara

Impossibile dopo!

Silvio

Impossibile, perchè?

Clara

Ho da fare.

Silvio

Non sarà nulla di così urgente.

Clara

(con durezza) Ho da fare! Ho da fare!

Silvio

(notando la caparbietà di Clara) Eppure ci tenevi moltissimo a questo ritratto.... Era diventato la tua idea fissa.... Io poi dico: che ti costa di posare un'oretta dopo colazione?

Clara

(recisamente) È inutile, Silvio, non insistere!... *(Pausa.)* Sta tranquillo...: scriverò io due righe al pittore. *(E subito licenzia il servo:)* Andrea, potete andare.

Il servo

E per domani, eccellenza?

Clara

Il mio coupè all'una e mezzo.... O meglio, no...: Darò gli ordini domattina.

(Il servo via.)
Silvio

(tra sè) All'una e mezzo!... Che storia è questa?

Clara

(corre a lui con vivissima espansione) Ed ora, tutta per te!

Silvio

(tormentandosi nella finzione) Come sei buona!

Clara

(sedendogli sulle ginocchia) Non è vero: forse non sono nè buona nè cattiva.... Forse sono una buona moglie e una cattiva donna, o viceversa. Chi sa!... Ti sembra strano?

Silvio

(assorto sempre più nelle sue preoccupazioni) Piuttosto!

(Pausa.)
Clara

E non mi dici nulla di grazioso.... Sei così freddo!... Non mi abbracci, non mi carezzi,... non mi baci.... *(S'alza.)* Auff!

Silvio

Stavo per farlo....

Clara

(scattando) Troppa preparazione, mio caro! Diventi un pessimo marito.... Sì, sì, un pessimo marito! Il vero amore coniugale è sempre estemporaneo!

Silvio

Non mi hai tu detto che in frac e in gran *toilette* non si è mai veramente soli?

Clara

Teorie passeggere!

Silvio

E l'emicrania non la conti per nulla?...

Clara

Ah! La chiama emicrania, lui!

Silvio

Aspetta che passi e vedrai.

Clara

(sedendo sull'altra poltroncina del dos-à-dos, alle spalle di Silvio) Aspetterò. *(Prolungatissimo silenzio. — Poi, chiama piano:)* Silvio...

Silvio

(più che mai assorto) Che vuoi?

Clara

... Pronto?

Silvio

No.

Clara

Sempre l'emicrania?

Silvio

Già.

Clara

Aspetterò. *(E piega le braccia, paziente.)*

(Un altro lunghissimo esagerato silenzio.)
Silvio

(riconcentrato in sè stesso, rumina ed arzigogola.)

Clara

(voltando appena la testa gli guarda i capelli con la coda dell'occhio: indi si allunga sulla poltroncina, piega le braccia, stende le gambe, e dà un sospiro profondo:) Ah!!!...

(Cala la tela.)

ATTO SECONDO

Salotto elegantissimo e bizzarro. Un carattere artistico predomina. La stanza è ottagonale. Nella parete di fondo, si apre, a due battenti, una grande porta, da cui, discendendo pochi scalini, si va in un grazioso giardino. Nella parete a sinistra, collaterale alla gran porta, un'altra porta. Nella parete a destra, un'ampia finestra attraverso la quale si vede, ancora, il verde del giardinetto. Qua e là, mensole con sopra gingilli squisiti, statuine in marmo e in bronzo, vasi di fine maiolica. Sparsi dovunque, ritratti di donne di tutte le dimensioni e in grandissimo numero. Un'ampia scrivania sovraccarica di carte, di libri e di giornali. Un pianoforte. Librerie, tappeti, stoffe antiche.

La camera è inondata di sole.

SCENA I

RICCIARDI, *solo, poi, il servo* LORENZO.

Ricciardi

(va aggiustando i mobili capricciosamente. Apre il pianoforte, cerca fra le carte di musica) Ah!... Il mio Chopin!... Questo ci vuole! *(Colloca l'album di Chopin sul leggìo. Riflette. Apre l'album.)* Suggestivo!... *(Mette più in mostra qualche bel ritratto di donna)* Bene.... Così.... *(Va alla scrivania, prende un foglio scritto e, in piedi, legge a bassa voce:)*

«O voi, madonna, che vivete dove
giammai non giunge alcuna umana cosa,
dite: la vostra immagine che move
dall'alto e scende a me più luminosa
del sole...»

(Pensa per comporre il resto.) «... del sole... del sole...»

Lorenzo

(entra portando in mano molti fiori sciolti.)

Ricciardi

Hai aperto il cancello?

Lorenzo

Eccellenza sì.

Ricciardi

Distribuisci questi fiori nei vasi,... dappertutto. *(Continua a pensare.)* «... Più luminosa, del sole....» Vediamo un po'... *(Siede e scrive. Poi legge con compiacenza e a poco a poco alza la voce nel volo lirico:)*

«... e più gentile e pura e bianca
d'una bianca colomba immacolata....

Lorenzo

(credendo che il padrone abbia parlato a lui) Vostra eccellenza comanda?

Ricciardi

Niente. *(Legge:)*

... darà a la vita mia giovane e stanca
la morte che, sognandovi, ho sognata?»

(Tra sè:) Questo basta per.... *(Lascia il foglio sulla scrivania)* Qui.... *(Indi, al servo:)* Più sparpagliati, più diffusi.... E qualche fiore lascialo cadere tra quelle statuine, tra quei ritratti. No!... No!... Non nascondere quel ritratto lì dietro i fiori. Diamine! Non vedi che è una donna magnifica? Le belle donne sono come le ciliege. Con una ne pigli dieci.... E che dedica! Un effetto sicuro! *(Pausa.)* La Venere di bronzo mettila un po' più in fuori. *(Il servo muove una statuina rappresentante una donna vestita.)* Che fai? La Venere è quella nuda.... Non si sono mai viste delle Veneri vestite, scioccone! In fuori, in fuori.... Lascia che si veda.... Bravo! E adesso, vecchio mio, sentirai bene. *(Gli si avvicina.)* Al giardiniere dirai di allontanarsi per un paio d'ore. Se ne vada a fare una passeggiata... una lunga passeggiata. *(Lorenzo si avvia.)* Aspetta. *(Il servo si ferma. Ricciardi guarda il suo orologio: e, gioiosamente concitato, si frega le mani.)* Quanto a te, poi, fra una quindicina di minuti ti metterai in un cantuccio del giardino, dal quale tu possa vedere chi entra. Mi spiego? Verso le due, entrerà una signora. Tu non ti avvicinerai a lei e non ti

mostrerai a lei. Mi spiego? Sinchè ella sarà qui, tu non ti muoverai dal tuo cantuccio, ma terrai d'occhio il cancello, il quale dovrà restare sempre aperto perchè non so s'ella vorrà uscire di là o, più prudentemente, per la mia porticina particolare.... Se vedi venir qualcuno — chiunque sia —, tu sbuca dal cantuccio, avverti ch'io non sono in casa, e torna al tuo posto. Mi spiego, sì o no?

Lorenzo

Eccellenza sì.

Ricciardi

(tendendo l'orecchio) Ohè... zitto!... Non senti un rumore di passi?... *(Emozionato)* Che sia già lei?... Così presto! *(Al servo:)* Via, Lorenzo, nasconditi. *(Spingendo il servo nella stanza a sinistra)* Non voglio ch'ella, entrando, si adombri! Poverina! *(Appena cacciato il servo dentro, raggiante di gioia, s'avvia verso il giardino.)*

(Entra Silvio)

SCENA II

SILVIO e RICCIARDI, *e ancora il Servo*.

Ricciardi

(vivamente sorpreso e turbato) Oh! Tu!

Silvio

Che è? T'ho fatto paura?

Ricciardi

Ma che! Tutt'altro!... Mi hai fatto un piacere, un vero piacere. Come va da queste parti?

Silvio

Ti dirò.... Facevo una passeggiata al sole.... Trovandomi dinanzi al tuo giardino, mi son lasciato tentare dal cancello aperto e mi son detto: bah! andiamo a vedere cosa fa quel caro Gino.

Ricciardi

Bellissima idea!

Silvio

T'incomodo forse a quest'ora?

Ricciardi

Incomodarmi a quest'ora? Tu incomodare me?... Oibò! Sei pazzo?

Silvio

(tra sè:) Scandagliamo il terreno. (A Ricciardi, cavando di tasca l'orologio:) Sono le due meno venticinque.

Ricciardi

(cavando fuori anche lui l'orologio) Già... le due meno... venticinque.

Silvio

Anzi... vedi... le due meno venti.

Ricciardi

Sei sicuro che il tuo orologio non avanzi?

Silvio

Sicurissimo.

Ricciardi

(aggiustando il suo) Perbacco!

Silvio

Scusa, perchè poi *perbacco*?

Ricciardi

«Perbacco»? Ho detto: «perbacco»? Ah... perbacco, siedi... che diavolo! Fuma una sigaretta.... Non fare complimenti. Piglia, piglia una di queste egiziane. *(Gli porge una scatola di sigarette.)*

Silvio

Egiziane? *(Ne prende una.)*

Ricciardi

Egiziane.

Silvio

E... non devi uscire?

Ricciardi

(dandogli da accendere) Sì... sì... infatti, devo uscire.

Silvio

Oh! allora non seggo. Usciremo insieme.

Ricciardi

Bravo! Usciremo insieme. *(Chiama nervosamente:)* Lorenzo!... Lorenzo! *(Lorenzo comparisce.)* Il cappello, i guanti, il bastone. Presto!

Lorenzo

Come! Vostra eccellenza esce?

Ricciardi

Esco, esco.... Meno osservazioni!

(Lorenzo, via.)

Silvio

Grazioso il tuo nuovo quartierino!

Ricciardi

Non ci eri mai stato?... Non c'è male.... Per un *garçon*, capirai....

Silvio

(andando attorno e cacciando lo sguardo indagatore nelle stanze attigue) È un ambiente che mi piace molto!

Ricciardi

(pianissimo a Lorenzo, che è tornato, e prendendo dalle mani di lui il cappello, i guanti, il bastone:) Mettiti dinanzi al cancello... e se arriva la signora che aspetto, dille... dille.... Ma che cosa bisogna dirle?!...

Silvio

(proseguendo l'ispezione) Libri, oggetti d'arte, un arem... in fotografie! Mi piace, mi piace.... Verrò a trovarti spesso....

Ricciardi

Me lo prometti?

Silvio

Certo! Te lo prometto.

Ricciardi

(a Lorenzo, alzando la voce, irritato:) E tu, che fai lì impalato?

Lorenzo

Aspettavo....

Ricciardi

D'andare all'inferno?

Lorenzo

Eccellenza sì.

Ricciardi

E bada che *non sono in casa per nessuno*! Hai capito bene tutto?

(Lorenzo se ne va per l'uscio del giardino.)
Silvio

Dunque, *non* esci?

Ricciardi

Oh bella!... Se ho detto al servo che non sono in casa per nessuno significa che esco.

Silvio

Il più delle volte quando non si è in casa per nessuno, *si è in casa per sè stessi*. Ma giacchè esci davvero, andiamo.

Ricciardi

Andiamo.... *(Indugia, cava di tasca l'orologio e lo guarda, mostrando, suo malgrado, d'essere inquieto.)*

Silvio

(osservando ogni moto di lui, simultaneamente cava fuori anche lui di nuovo l'orologio)... meno quindici.

Ricciardi

(risoluto) Tutto sommato, io non esco.

Silvio

Se te l'avevo detto!

Ricciardi

Gli è che ero in dubbio, ecco.

Silvio

Gino, io mi accorgo d'essere capitato in un cattivo momento.

Ricciardi

Cosa ti salta in mente, adesso?

Silvio

È così! È così! O hai da uscir solo, o aspetti qualcuno.

Ricciardi

Ma ti pare! E poi con te non farei cerimonie....

Silvio

Non ci mancherebbe altro! E giacchè tu mi garantisci ch'io non sono di troppo,... facciamo quattro chiacchiere. (Si stende sopra un canapè.) Dammi un'altra egiziana.

Ricciardi

Prendi. (Passando di dietro a Silvio, con la scatola di sigarette in mano, ha un moto di rabbia, e, non visto, accenna di battergli la scatola sulla testa.)

Silvio

Buone le egiziane, ma si smorzano facilmente. (Piglia un'altra sigaretta.)

Ricciardi

(gli dà da accendere) Facilissimamente!

(Un silenzio.)
Silvio

Oh, benone!... (Pausa.) Povero Ridolfi! Sai quel che gli è capitato?

Ricciardi

Lo so.

Silvio

Che te ne pare?

Ricciardi

Cioè... non lo so. Perdona.... Ero distratto: non so nulla.

Silvio

Te lo racconto io. È tutto un romanzo.

Ricciardi

(irrequieto, agitato, andando su e giù) Ah?

Silvio

Un lungo romanzo.

Ricciardi

Lungo? Meglio!

Silvio

Avrai sentito parlare qualche volta d'una certa viscontessa d'Aribert...: quella che stette a Napoli una ventina d'anni fa e che all'improvviso se n'andò... non si è mai saputo dove.... La sua casa era una specie di lanterna magica.... Già, le case delle viscontesse sono sempre così! Allora io ero un ragazzetto, come te. Pure, ricordo tutti gli aneddoti piccanti che venivano fuori sul conto di lei....

Ricciardi

(nervosissimo, alla chetichella, guarda il suo orologio.)

Silvio

(se ne avvede e guarda il suo)... meno dieci. Mio nonno faceva una gran collezione di quegli aneddoti.... E li smaltiva poi con quel suo accento insinuante, bonario.... Ah, che delizioso raccontatore! Che raccontatore efficace!... Per esempio....

Ricciardi

Ma, dico, non mi parlavi di Ridolfi?

Silvio

Ci vengo, ci vengo. Ridolfi frequentava appunto il salone della viscontessa... e non soltanto il salone.... Te ne meravigli?.... Perchè?... Era troppo giovane? Ma ti prego di considerare che oramai Ridolfi ha cinquant'anni suonati.... Dici di no? *(Pausa.)* Dici di no?

Ricciardi

(che non lo ha ascoltato) Cosa?

Silvio

Secondo te, non ha cinquant'anni?

Ricciardi

(prendendo un'improvvisa risoluzione, tra sè:) Coraggio! *(A Silvio)* Sì, ce ne ha cinquanta, ce ne ha settanta, ce ne ha cento, ma io, Silvio, ti confesso che aspetto qualcuno, e tu... te ne devi andare!

Silvio

(colpito, contenendosi, si alza) Ah, perdio! Avevo indovinato!

Ricciardi

Ed ora ti dico anche la causa del mio imbarazzo.... Io avevo un appuntamento alle due... con... la tua signora... allo *skating*..., e non mi ci posso recare.

Silvio

(battendosi la fronte con subitanea contentezza) Ah! Ora capisco! Alle due?!

Ricciardi

Sì.... Che capisci?

Silvio

Niente.... Lei mi aveva accennato.... Ma perchè non dirmelo prima?

Ricciardi

Mi sembrava strano di rivelare proprio a te la scortesia che io stavo per commettere a tua moglie.... Le avevo promesso di darle oggi la prima lezione di pattinaggio, con la speranza....

Silvio

(ridendo)... di farla cadere....

Ricciardi

Forse; e invece....

Silvio

Non preoccuparti....

Ricciardi

Senti, senti, Silvio mio: aiutami un po': corri allo *skating*: la troverai già lì, e, che so!, inventa tu, col tuo spirito, qualche cosa per farmi perdonare. Ma subito, perchè già sono le due....

(Insieme, guardano l'orologio.)

Silvio

... meno cinque. Non darti pena.... Vado io, vado io....

Ricciardi

Ti raccomando.... Ed ora che esci, prendi la via a destra... scendi per la scalinata che fiancheggia il West-End-Hôtel.... *(Accompagnandolo alla porta)* È una scorciatoia.... Arriverai in un lampo....

Silvio

Non dubitare.... Corro.... Volo.... Lascia fare a me.... Buona fortuna, cattivo soggetto! *(Esce correndo.)*

Ricciardi

(sulla soglia) Mi affido alla tua fantasia.... E grazie, sai! *(Tra sè, trepidando:)* Dio voglia che non s'incontrino dinanzi al cancello!... *(Presso la finestra, ansiosamente, segue Silvio con lo sguardo.)* Se ne va.... Se ne va.... *(Pausa. Indi, parla dalla finestra:)* Lorenzo,... vieni qui:... accòstati. Il conte Sangiorgi è uscito dal giardino?

Lorenzo

(da fuori) Eccellenza sì.

Ricciardi

Da che parte è andato?

Lorenzo

Ha voltato a destra ed è sceso a rotta di collo per lo scalone.

Ricciardi

È venuto qualcuno, intanto?

Lorenzo

Eccellenza, no.

Ricciardi

Ah! Respiro!... *(A Lorenzo, sempre dalla finestra:)* Adesso, a te. Ricòrdati tutte le mie disposizioni. Attento, eh? *(Tra sè:)* Non mi par vero! *(Passeggia per la stanza, fantasticando e febbrilmente aspettando. Siede. Si alza. Va alla porta. Va alla finestra. Guarda. Torna a sedere, inquietissimo. Torna ad alzarsi. Ad un tratto, scorge Clara, e, al colmo dell'emozione, esclama:)* Ah, ci siamo! *(Corre in giardino.)*

SCENA III

RICCIARDI e CLARA. *Poi, il servo* LORENZO.

Clara

(ha una graziosa e semplice toilette *da mattino. Indossa un piccolo paltò. Entra, con le mani nel manicotto, con un'aria di persona molto affaccendata e frettolosamente va difilata a sedere sopra una delle seggiole che sono nel centro della stanza.)*

Ah! Eccomi qui....

Ricciardi

(seguendola con pari velocità, chiude subito la porta d'ingresso, e, con evidente sodisfazione, s'inchina a lei in un atteggiamento galante e sentimentale.) Prima di tutto, lasciate che io vi ringrazi della cortese puntualità con la quale....

Clara

(interrompendolo, sempre con la stessa aria frettolosa) Basta, basta! Eccomi qui: — Seducetemi!

Ricciardi

(tentando di sottrarsi alla burletta) Ma io, contessa....

Clara

Non ci sono *ma* e non ci sono *contesse*. Io, mio buon Gino, non ho tempo da perdere. Sono in casa vostra, sono nelle vostre mani, le porte sono chiuse... almeno lo spero; nessuno ci vede e nessuno ci sente. Poche chiacchiere, e procedete subito alla seduzione.

Ricciardi

E voi credete ch'io abbia avuta davvero l'ingenuità di vagheggiare una seduzione?! Come v'ingannate! Il sedotto, purtroppo, senza che voi ne abbiate colpa, veh!, il sedotto sono io. Clara, voi lo avete capito che io vi amo. Voi lo avete capito che la mia sfida e la mia baldanza non erano che l'artifizio del mio amore. Io ho desiderato che voi veniste in casa mia, questo sì, ma perchè? Per avere agio di vedervi e di parlarvi liberamente, fuori dell'ambiente in cui voi ed io abbiamo il dovere d'essere delle persone di spirito. L'ho desiderato per potermi confessare a voi, l'ho desiderato per dirvi ch'io sono null'altro che un povero innamorato, *(scaldandosi di proposito)* l'ho desiderato per....

Clara

Per... per... per.... Tutto questo è completamente inutile!

Ricciardi

Inutile!?

Clara

Sì, inutile!, inutile!

Ricciardi

(con slancio) Eppure....

Clara

Sentite, caro Gino: io sono venuta da voi per essere sedotta: se voi non avete voglia di sedurmi, io me ne vado.

Ricciardi

Ah! Clara! Clara! Voi siete venuta da me per umiliarmi, ecco, e ci riuscite perfettamente. Ma se l'insistenza del vostro sarcasmo potrà almeno esaurire la vostra crudeltà, io lo accetto come un beneficio.

Clara

(guardandolo e ascoltandolo con curiosità birichina) E poi? Avanti!... E poi?

Ricciardi

Sì, sì, voi avete l'aria di non credere alle mie parole!... E avete torto. Ridete, ridete anche, se vi piace: ridete della mia pochezza e di questo mio pazzo innamoramento: tormentatemi se il tormentarmi vi diverte: ma non mi attribuite la volgare puerilità di una finzione.... No! Voi non potete attribuirmela. La vostra intelligenza non può non intendere *(esagerando la propria eccitazione sincera)* che in questo momento io sono schietto! Clara, scusatemi, siete voi, siete voi che fingete! Fingete di *non* intendermi, fingete di *non* credermi, fingete....

Clara

Ma no: rassicuratevi! Io vi dichiaro formalmente d'intendervi, di credervi e di non mettere in dubbio il vostro amore. Voi siete innamorato di me; e ciò mi fa molto piacere. Parola d'onore, vedete, ne sono contenta. E appunto perciò sono venuta. Io ho fiducia nelle vostre forze, ho fiducia nelle vostre seduzioni, ho fiducia nel vostro fascino. Sono qui, sola, solissima, nel vostro incantevole salotto, e son piena di buona volontà. Ora spetta a voi di fare il resto. Su, via, caro Gino, ve ne prego, innamoratemi, e non ci pensiamo più.

Ricciardi

(scoraggiato, si lascia cadere sopra una seggiola, sospirando:) Siete inesorabile!

Clara

(crucciandosi ostentatamente) No! no! no!... Così non ne faremo niente! Quell'aria di martire non vi si addice.... E poi, che so?, io mi aspettavo tutt'altra cosa! Troppa prudenza!... Troppa mitezza!... Troppa umiltà!... *(Impaziente, si alza.)* Non ne faremo niente, vi dico, non ne faremo niente!... *(Pausa.)* Che bel sole!... Che aria tiepida!... *(Lo guarda con civetteria lievemente beffeggiatrice.)* Sembra primavera! *(Butta via il*

manicotto, e comincia a togliersi il paltoncino, accostandosi molto a lui.) Ho perfino caldo. Tiratemi queste maniche. *(Allunga un braccio per farsi aiutare.)*

Ricciardi

(le toglie del tutto il paltoncino, lo mette in un angolo, e siede un'altra volta, accasciato.)

Clara

Come vedete, non ho ancora perduta ogni speranza!... Non me ne vado. Resto, e mi metto *à mon aise*.... Lo permettete? *(Un silenzio. — Va in giro per la stanza, osservando, curiosando. Presso il pianoforte, si ferma, guarda l'album aperto sul leggìo, con caricata sentimentalità.)* Chopin!... Secondo notturno. Ah! quello in cui è un delizioso effetto d'organo, così pieno di misticismo.... Che soavità! *(Con una mano accenna sul pianoforte le prime note d'una volgare canzone napolitana: «La ritirata».)* Che dolcezza!... *(Continua la rassegna.)* Questa stanza è il simbolo del vostro cervello: c'è tutto!... *(Si ferma presso la scrivania)* Laboratorio letterario. Officina epistole e annessi. *(Prende il foglio scritto.)* Si può?

Ricciardi

Scarabocchi.... Robuccia appena abbozzata.... *(Con la speranza ch'ella legga)* Non voglio che leggiate.

Clara

Ci scommetto che l'avete lasciata quassù apposta per farmela leggere.... Vediamo.

Ricciardi

Io vi prego, invece, di non leggere.

Clara

(senza dargli ascolto, legge:) «O voi, madonna.... *(A Ricciardi, con curiosità:)* Dice... *madonna?*

Ricciardi

Forse.

Clara

(ricomincia con enfasi e gesticola seguendo il senso di ogni parola:)

«O voi, madonna, che vivete dove
giammai non giunge alcuna umana cosa,
dite: la vostra immagine che move
dall'alto e scende a me più luminosa
del sole, e più gentile e pura e bianca
d'una bianca colomba immacolata,
darà a la vita mia giovane e stanca
la morte che, sognandovi, ho sognata?»

Punto interrogativo! *(A Ricciardi:)* Versi?

Ricciardi

Pare.

Clara

Sì, me ne sono accorta. Volevo dire: versi che scrivete per me?

Ricciardi

Probabilmente.

Clara

«La morte che, sognandovi, ho sognata?...» Brrr.... Questa faccenda della morte si riferisce proprio a me? Vi faccio un bello effetto!... Meno male che ve lo faccio in sogno. Non siete un poeta decadente. Io adoro i decadenti. *(Con declamatoria intonazione laudativa)* Quelli lì dicono tutto ciò che vogliono, ma almeno nessuno li capisce! *(E continua a gironzolare, osservando.)* Quanti bei ritratti di donne! Tutte vostre amanti... beninteso!... Tutte più fortunate di me.... Questo, per esempio, di chi è? *(Prende un grandissimo ritratto di vecchio con una immensa barba bianca e lo mostra a Ricciardi.)*

Ricciardi

(alzando le spalle) È il ritratto d'un uomo.

Clara

Marito d'una vostra amante?

Ricciardi

Ma che!

Clara

Padre d'una vostra amante? *(Pausa.)* Fratello?

Ricciardi

Mio Dio, contessa, non siate così ingenerosa! Basta, ora!

Clara

Basta che cosa? Fra tante donne trovo un uomo: è naturale che io me ne interessi. Chi è?

Ricciardi

Non lo so.

Clara

Come non lo sapete?

Ricciardi

È un russo.... Lasciatelo in pace.

Clara

Il nome?

Ricciardi

(paziente) Paikowsky.

Clara

Paikowsky? Ho capito: musicista. Che ha composto?

Ricciardi

(trattenendo l'irritazione) Non è musicista!

Clara

Poeta?

Ricciardi

(rabbioso) Nemmeno!

Clara

Pittore?

Ricciardi

(quasi tra sè:) C'è da morirne!

Clara

(accalorandosi) Ma si può almeno sapere che diamine fa il vostro russo?

Ricciardi

(scattando) E da voi si può sapere quando finirete di torturarmi così atrocemente?

Clara

In fede mia, voi siete un bel tipo! Io vi dico tutto ciò che mi riesce dirvi di più lusinghiero, io rinunzio ad ogni resistenza, io mi metto a disposizione del vostro valore e del vostro amore, io, come meglio so e posso, v'incoraggio a tutto; e voi ve ne state lì, timido e vergognoso, peggio d'uno scolaretto che, non avendo imparato bene a mente la lezione, tema d'essere interrogato; e per giunta?... Per giunta poi ve la pigliate con me. Ah, questo è incredibile! E che vorreste? Vorreste ch'io vi saltassi al collo? o che mi gettassi ai vostri piedi? o che cascassi in convulsioni e, contorcendomi e dibattendomi, pronunziassi il vostro nome adorato?... Che vorreste?... Queste cose dovrei farle, al più al più, con un collegiale, con un novizio; ma con voi! con voi! Io vi domando: siete o non siete quello che mi avete detto di essere?

Ricciardi

Contessa,... voi scherzate male!... È vero, io fui uno sciocco sfidando, apparentemente, il vostro spirito e la vostra virtù. Benchè io non sia stato consigliato, in fondo, che dalla speranza di potervi commuovere e non da quella di potervi conquistare, pure... riconosco il mio errore, riconosco la mia goffaggine. Sì, voi mi avete fatto riconoscere l'uno e l'altra. Dell'errore, quasi offensivo, vi chiedo perdono; ma, quanto alla goffaggine, dovrei chiedere perdono a me stesso, e non lo faccio. Notate. L'uomo che conviene d'essere goffo e che ci si rassegna, ha un gran vantaggio: — Non teme più di diventarlo. Ed è perciò che scherzate male!

Clara

(fredda) Se non mi sbaglio, lo sfidante cambia le armi, ma resta sul terreno.

Ricciardi

(eccitandosi sinceramente) A chi è innamorato come lo sono io, come lo sono oggi più che mai, come lo sono divenuto sotto la sferza del vostro scherno, come lo sarei diventato anche se fino a ieri non vi avessi conosciuta, non bisogna chiedere audacia neanche scherzando!

Clara

Armi da fuoco!

Ricciardi

E sia! Armi da fuoco, che potrei usare, mio malgrado, involontariamente. L'idea di essere ridicolo non mi trattiene più. Il mio sangue, i miei nervi, Clara, non mi consentono più la riflessione dell'uomo galante, nè la preoccupazione di parervi uno scienziato dell'amore. Voi sogghignate? E non me ne importa. Io vi sembro grottesco? E non me ne importa. Io vi sembro un cattivo commediante? E non me ne importa. Io vi sembro uno stolto, un imbecille, un fanciullo, un uomo volgare? E non me ne importa! Non m'importa più di niente, non capisco più niente, e, vedendovi vicino a me, bella, sorridente, sprezzante, disdegnosa, vi giuro Clara, vi giuro ch'io perdo la ragione! (Si slancia verso di lei.)

Clara

(ferma, piega le braccia in un atteggiamento ad un tempo altero e burlesco.)

Ricciardi

(soggiogato, si trattiene e indietreggia.)

Clara

Lo vedete che non sapete usare neanche le armi da fuoco? Molto rumore, e in conclusione?... Nulla!... Nulla!

Ricciardi

(abbassando la fronte e un po' mordendosi le labbra) Nulla!

(Si sente picchiare alla gran porta in fondo.)
Ricciardi

Chi è, chi è che si permette di picchiare così?

Lorenzo

(di fuori) Sono io: Lorenzo.

Ricciardi

E che vuoi, noioso? Vattene!

Lorenzo

Debbo dire qualche cosa a vostra eccellenza.

Ricciardi

No! Vattene.

Lorenzo

Vostra eccellenza mi perdonerà, ma io debbo dirle qualche cosa.

Ricciardi

Insomma, che c'è?

Lorenzo

Posso parlare?

Ricciardi

Parla.

Lorenzo

È ritornato il signore di poco fa. Io gli ho detto che vostra eccellenza era uscita e che in casa non c'era più nessuno.

Clara

(va sollecitamente a spiare dalla finestra.)

Ricciardi

(a Lorenzo:) Hai fatto bene.

Lorenzo

Ma egli ha risposto che aspetterà. E s'è messo di piantone dinanzi al cancello chiuso.

Clara

(allontanandosi dalla finestra, dispiacevolmente sorpresa) È mio marito!

Ricciardi

(allarmato) Sì, vostro marito. È venuto qui prima di voi, evidentemente sospettoso.

Clara

(con irritazione) E non me l'avete detto?!

Ricciardi

Era inutile d'impensierirvi. Ho deviato la sua attenzione dicendogli che mi aspettavate allo *skating*.

Clara

Impostore!

Ricciardi

Dovevo piuttosto fargli capire la verità per rovinarvi?!

Lorenzo

(di fuori) Vostra eccellenza ha ordini da darmi?

Ricciardi

Non so.... Lasciami riflettere....

Clara

(costringendosi a parere spensierata e birichina come dianzi e rivelando invece di stare sulle spine) Ma non c'è da riflettere.... Ripigliamo piuttosto il discorso dove lo avevamo interrotto.... Voi non ve ne siete accorto, ma io cominciavo, finalmente, ad essere commossa dalle vostre parole. Credo che le armi da fuoco avevano toccate le mie corde sensibili. *(Ride)* Ah! ah! ah!

Ricciardi

Ridete ancora?

Clara

Non rido che adesso....

Ricciardi

(con delicata malignità) Ma non ne avete punto voglia.

Clara

V'ingannate! L'intervento di mio marito, il vostro smarrimento, questa faccia da cospiratore: tutto ciò mi diverte un mondo. *(Impallidisce, lasciandosi un po' vincere dalla paura.)*

Ricciardi

No, no! Tutto ciò non vi diverte!... Contessa, il vostro spirito è finito. Voi non vi riafferrate più!

Lorenzo

(di fuori) Vostra eccellenza ha ordini da darmi?

Ricciardi

Aspetta, Lorenzo! *(Abbassando la voce, con un'aria di uomo sagace)* Quel che sentite, lo so; quel che temete, lo so; quel che vi addolora, lo so.... E io... desidero salvarvi.

Clara

(in un istantaneo lampo di gioia) Che?!

Ricciardi

Ah, vi siete tradita!... Ebbene sì, voglio salvarvi. *(Cava di tasca una piccola chiave tersa.)* Questa chiave apre un piccolo uscio alle spalle della mia palazzina.... Voi potete uscire di qui non vista da vostro marito.... Vi troverete in un viottolo che sta costruendosi.... Camminerete diritto; e in pochi passi giungerete al Corso Vittorio.... Così, egli vi aspetterà invano due, tre, quattro ore, quanto vorrà, e dovrà finire col convincersi d'avere sospettato ingiustamente.... *(Le porge la chiave con galanteria.)*

Clara

(stendendo subito la mano per prenderla) Ah! Grazie!

Ricciardi

(ritirando un po' il braccio per impedirglielo pur tenendo sempre la chiave sotto gli occhi di lei come per tentarla) Un momento. Avete ben compreso che vi salvo?

Clara

Sì... l'ho compreso.... E vi confesso che sono pentita della grave imprudenza.... Abbiatevi la mia gratitudine, e datemi la chiave. *(Stende di nuovo la mano per prenderla.)*

Ricciardi

(di nuovo glielo impedisce) Un momento.... La gratitudine è una bellissima ricompensa. Senonchè, io esigo qualche cosa di più concreto. Disposto a salvarvi; ma *(con molta grazia)* non dimenticate che io vi amo, contessa, e il mio amore non saprebbe perdonarmi questa eccessiva generosità.

Clara

(contraendo le linee del viso, e, aggrottando, severa, le sopracciglia) Che intendete dire?

Ricciardi

(con dolcezza incalzante e con fine intenzione vendicativa) È il mio amore che mi costringe a patteggiare. Io non vi *offro*, bensì io vi *vendo* questa chiave.... Vi vendo la salvezza.... Siete voi pronta a comperarla?

Clara

(indietreggiando con ribrezzo) Io!

Ricciardi

Non gridate.... C'è di là il servo che attende... Pensateci, contessa. Pensateci bene.... La chiave è qui. La salvezza è qui. Se non volete comperarla, siete... compromessa!

Clara

(prorompendo) Ah! vi....

Ricciardi

(immediatamente) Vigliacco!!!

Clara

Sì, sì, vigliacco!

Ricciardi

(scherzoso) Se lo sapevo!... È la parola adeguata. In simili situazioni, specialmente a teatro, è la parola tradizionale. E difatti, in questo momento, voi siete un po'... Tosca, ed io sono un poco... assai poco... il barone Scarpia. Non è vero? Eh!... Sicuro!... «Vigliacco!» *(Sogghigna. — Pausa. — Indi, assai gentilmente)* Meno vigliacco, però, di quanto voi mi fate l'onore di credermi.... Il mio amore, v'ho detto, mi costringe a patteggiare, e non ci è scampo! La salvezza ve la vendo, e a caro prezzo!... Ve la vendo, contessa... ve la vendo... ve la vendo... *(con ostentata umiltà)* per un bacio. Come uomo, chiedo troppo, è vero; ma, come vigliacco, via, convenitene, chiedo pochino. Volete pagare?

Clara

(con uno scoppio di sdegno feroce) No!

Ricciardi

Possibile?!.... Preferite di compromettervi?

Clara

Sì!

Ricciardi

Preferite uno scandalo?

Clara

Sì!

Ricciardi

(pazzo di meraviglia e di rabbia) È tanto, dunque, il disgusto che provereste concedendomi o prendendo da me il più semplice e il più lieve dei baci... che vi decidete piuttosto a compromettervi, a perdervi! Ah! vivaddio, nessun proposito cavalleresco può resistere a tale prova. Via questa chiave! *(Sta per gettarla dalla finestra.)*

Clara

(corre alla porta e chiama:) Ehi! Cameriere.... Servitore....

Ricciardi

No! Clara.... Perdonatemi... prendete... salvatevi....

Clara

Nessun beneficio da voi. Non voglio! *(Con la bocca all'uscio)* Dite al conte Sangiorgi che ci è qui sua moglie, e che lo aspetta. Andate.

Ricciardi

E che avverrà adesso?!

Clara

(calma) O una catastrofe, o niente: è semplice.

Ricciardi

(pentito, esasperandosi) Dio! Dio! Che avete fatto!... Ma siete ancora in tempo.... Fuggite... prima ch'egli arrivi!

Clara

Se gli ho mandato a dire che sono qui....

Ricciardi

Maledizione! Allora, che risolvere? *(.... Aprendo la porta in fondo)* Sì, gli vado incontro....

Clara

È peggio! State tranquillo. *(Con accento tragicomico)* Non vi sorride il pensiero ch'egli ci uccida insieme?

SCENA IV

RICCIARDI, CLARA, SILVIO.

Silvio

(entra dal fondo, pallidissimo, contenendosi, padroneggiandosi. — A Clara:) Mi hai fatto chiamare?

Ricciardi

(dopo un istante di trepidazione) La contessa ti ha visto dalla finestra, e... e.... Veramente non capisco perchè passeggiavi in istrada invece di raggiungere qui tua moglie.... Cioè, lo capisco perfettamente.... Il mio servo t'avrà detto che in casa non c'era nessuno.... Ma è stato uno strano equivoco.... Io sono uscito, e poi sono rientrato in casa per un'altra porta.... E la contessa ci è entrata....

Clara

(con comica pacatezza) Per la finestra.

Ricciardi

Gli è che la contessa è giunta allo *skating* troppo presto e, impaziente com'è, ha voluto... sì dico.... Ed io stesso, intendi, l'ho accompagnata. Anzi, no: non l'ho proprio accompagnata io stesso; ma l'ho incontrata.... Sai dove? L'ho incontrata precisamente....

Silvio

Ma va bene, va bene.... Hai l'aria di voler giustificare te e la contessa.... E
non è il caso.... Lo hai già detto: è stato un equivoco.... Nè più, nè meno....
Lo abbiamo chiarito....

Clara

... completamente....

Silvio

... e adesso non c'è bisogno d'altro. Sapevo benissimo che Clara era qui, e
perciò ci sono venuto....

Ricciardi

Ah! Lo sapevi?!

Silvio

È naturale!

Clara

Gino, il mio paltò, il mio manicotto....

Ricciardi

Sùbito! *(Cerca paltò e manicotto.)*

Silvio

(avvicinandosi a Clara, con voce minacciosa e soffocata) Io ti ammazzerò!

Clara

(pianissimo e flemmatica) A casa. Qui, no. Però bada che da questo
momento io non sono più tua moglie!

Silvio

Lo spero!

Ricciardi

(perdendo tempo apposta) Il paltò l'ho trovato, ma dov'è quel benedetto manicotto?!

Clara

(sempre pianissimo a Silvio) Intanto, per non farti sembrar ridicolo... fingerò d'essere d'accordo con te.... Comprendimi..., secondami....

Silvio

(con accento iroso e sommesso) Ma che dici?!

Clara

Ora ti parlerò in modo ch'egli senta....

Ricciardi

(con in mano il paltò e il manicotto) Ah, finalmente! Ecco!

Clara

(alzando un po' la voce per farsi udire da Ricciardi pur mostrando di voler parlare piano a Silvio) Non ridere!... Sii più tragico.

Ricciardi

(trasalendo, tra sè:) Che!

(Lunghissima pausa.)
Clara

Dunque, Gino?

Ricciardi

(guardandola attonito) Ai vostri comandi, contessa....

Clara

(infilando il paltò) Aiutatemi bene....

Ricciardi

(aiutandola, le dice tra i denti:) Ho buone orecchie, sapete.... Voi e vostro marito vi siete presi giuoco di me....

Clara

(senza scomporsi, a fior di labbra) Può darsi....

Silvio

(nota ch'essi si scambiano delle parole, e freme.)

Ricciardi

(ancora tra i denti e ancora aiutandola) Ma questo è troppo!

Clara

Può darsi.... *(A voce alta)* Silvio, andiamo, eh?

Silvio

Andiamo....

Clara
(si mette al braccio di Silvio.)

(Tutti e due si avviano verso il giardino.)

Ricciardi

Grazie, contessa, dell'onore.... *(A Silvio, con asprezza)* E grazie anche a te....

Silvio

A me!?

Ricciardi

(nervoso, accompagnandoli) Sì, sì, anche a te....

Silvio

(scattando) Ricciardi!...

Clara

(tutta sorridente, interrompendo) Non v'incomodate, Gino, non v'incomodate....

Ricciardi

(seguendoli fino alla porta) Oh! prego... prego... prego... prego... prego....

(Silvio e Clara escono.)
Ricciardi

(esausto, si appoggia con le spalle allo stipite della porta.)

Cala la tela.

ATTO TERZO

Boudoir della contessa Clara. Tre porte, due laterali, una in fondo. Le portiere folte, che celano gli usci, e la tappezzeria abbondante, danno al boudoir un aspetto raccolto d'intimità. Un elegante scrittoio. Una dormeuse bassa, lunga, larga. Sopra un apposito tavolino, un servizio da té. Seggiole a sdraio, libri, suppellettili civettuole, specchi. Sul caminetto, un grande orologio. È sera. Una luce discreta si diffonde di sotto un cupolino che nel mezzo della stanza, a capo della dormeuse.

SCENA I

CLARA, *e il* SERVO.

Clara

(e sola, distesa sulla dormeuse, dormendo. Ha ancora in una mano abbandonata un libro aperto. L'orologio suona le nove e mezzo. Ella si sveglia di soprassalto. Lascia andar giù il libro. Si stropiccia gli occhi. Si alza sbuffando:) Auff!... *(Si ferma un momento innanzi a uno specchio. Il guardare sè stessa la irrita. Raccoglie il volume, si sdraia di nuovo sulla dormeuse, comincia a rileggerlo e, a un tratto, lo getta in aria, come se avesse letta una sconcezza.)* Via! *(Piega le braccia, e si morde le labbra.)*

Il Servo

(entra dal fondo, recando una lettera in un vassoio.) Eccellenza....

Clara

Che c'è?

Il Servo

Questa lettera.

Clara

(lentamente la prende. Guarda l'indirizzo. Si stringe nelle spalle in atto di noia, ripone la lettera chiusa nel vassoio.) Mettetela lassù.

Il Servo

Eccellenza, il cameriere che ha portata questa lettera desidererebbe sapere quando avrei potuto consegnarla.

Clara

(seccata) Me l'avete consegnata adesso? Dunque, adesso!

(Il Servo esce.)
Clara

(si alza. Ripiglia la lettera. La guarda con indifferenza. Lacera la busta e superficialmente legge:) «Contessa, faccio un tentativo estremo. Parto. Fuggo. Voi, sorridendo, penserete che io ricorra al *vieux jeu* della partenza per commuovervi. Invece, io non intendo di ricorrere che al vecchio rimedio. La terapia dell'amore non ha fatto molti progressi, e oggi *partire* significa ancora *guarire* — forse. Vi chiedo, dunque, di potervi vedere per l'ultima volta. Oserò di venire da voi, stasera, alle dieci in punto. Mi riceverete?...» *(Aggiunge a fior di labbra:)* Stupido!... *(Apre un cassetto dello scrittoio, e, con la mano in alto vi lascia cader dentro la lettera e lo richiude. È inquieta, è infastidita. Ha un gesto di risoluzione e tocca il bottone del campanello elettrico.)*

(Entra di nuovo il Servo.)
Clara

(esitante)... Il conte è ancora in casa?

Il Servo

Sì, eccellenza.

(Un silenzio.)

Clara

Ditegli... ditegli che io l'aspetto qui per prendere il té.

(Il Servo sta per andare.)
Clara

Badate: per chiunque venga, ho l'emicrania: non ricevo.

Il Servo

Va benissimo.

Clara

Solamente... pel signor Ricciardi, che verrà verso le dieci, non ho niente, e ricevo.

Il Servo

Va benissimo.

Clara

Fate la mia imbasciata al conte. Sùbito!

(Il Servo esce per la porta a sinistra.)
Clara

(si aggiusta un po' i capelli. Indi va ad accendere il fornello del té.)

SCENA II

75

CLARA, SILVIO. *Poi, la* CAMERIERA. *Poi, il* SERVO.

Silvio

(entrando dalla porta donde è uscito il servo, si ferma sulla soglia e ci resta, non visto, per qualche istante.) È proprio vero che mi offrite una tazza di té?

Clara

(voltandosi) È proprio vero.

Silvio

Nel vostro intimo *boudoir*?

Clara

Intimo? Nella stanza dove accolgo ogni sera i miei amici.

Silvio

Ma io... da tanto tempo... non sono per voi nemmeno un amico.

Clara

Siete qualche cosa di meglio: siete un nemico... che comincia a non esserlo più. Avanti! Che fate lì? Che contemplate?

Silvio

(avanzandosi e guardando attorno) È strano, è molto strano quello che provo rientrando in questa stanza dopo due mesi....

Clara

Prego, conte: dopo due mesi e tre giorni.... Voi mi defraudate: defraudate la mia astinenza.

Silvio

No, contessa: ho voluto semplicemente sperimentare la vostra memoria.

Clara

Un eccellente mezzo per non sperimentare la vostra. E... sentiamo: che provate rientrando qui, nel mio boudoir, dopo due mesi e tre giorni?

Silvio

Non so... un orgasmo nuovo... quasi un senso di paura....

Clara

Paura!

Silvio

È un po' la paura da cui è preso il bambino che entra in una camera buia.

Clara

Io non sono forse il sole? Me l'hanno detto tante volte!

Silvio

Per me, il buio è l'ignoto.

Clara

L'ignoto è proprio ciò che attira di più.

Silvio

Nondimeno, senza il vostro invito, non avrei osato....

Clara

Ah, no?!

Silvio

Certamente.

Clara

Eppure... come ho da dire?... Non vi siete accorto di nulla?

Silvio

Di che mi sarei dovuto accorgere?

Clara

Come!... Non vi siete accorto che da un pezzo vi faccio la corte?

Silvio

Voi!

Clara

Sì, io! Io!

Silvio

Ma che! Non è vero.

Clara

Già, voi di certe cose non ne avete mai capito nulla! *(Pausa. Prepara il té.)* O che deve fare di più una donna? Mi trovo ogni giorno puntualmente a pranzo con voi; ci resto il maggior tempo possibile; durante il pranzo, intavolo i discorsi più graziosi e più gentili; cerco di secondare tutti i vostri gusti;... metto del miele, molto miele, come fate voi, sul pane brustolato.... Il miele, lo sapete, mi è insopportabile, ma è il simbolo della *dolcezza*, e io mi ci rassegno.... E finalmente, qualche volta — via, convenitene — ... qualche volta, innanzi ai servi importuni, che stanno lì più a guardarci che a servirci, io, di nascosto, sotto la tavola, spingo finanche un piedino verso di voi. *(Accenna con un piede l'atto grazioso.)*

Silvio

(timido) Contessa!...

Clara

Ma che «contessa»! Il mio piedino si regola come quello di una *grisette*, e voi?... Voi non lo pestate abbastanza.

Silvio

Un'altra volta... lo pesterò di più.

Clara

Ah! Un'altra volta... spero... che non ce ne sarà più bisogno. *(Versa il té.)* Latte o Cognac?

Silvio

Latte.

Clara

(versa il latte nella tazza di Silvio.) Ecco.

Silvio

Grazie! *(Pausa — Siede — Sorseggia.)* Prendete il té tutte le sere?

Clara

(ugualmente, siede e sorseggia) Tutte le sere.

(Un silenzio.)
Silvio

Anch'io.

Clara

(mal dissimulando il suo stato nevrotico) Anche voi?

Silvio

Sì, al club.

(Un silenzio.)

Clara

E tutte le sere col latte?

Silvio

Di rado preferisco il Cognac. *(Pausa.)* Qualche sera poi prendo il té senza latte e senza Cognac.

Clara

E su ciò ci siamo perfettamente intesi. *(Si alza nervosa e va a distendersi mollemente sul divano.) (Ancora un silenzio.)* Silvio!

Silvio

Cla... Contessa....

Clara

Se sapeste!

Silvio

Che cosa?

Clara

Come mi annoio!

Silvio

Eh! Lo vedo.

Clara

Aiutatemi a non annoiarmi....

Silvio

Volentieri.... Ma in che modo?

Clara

In un modo semplicissimo: non annoiandovi neanche voi.

Silvio

Io non mi annoio niente affatto!

Clara

Provatemelo....

Silvio

(accostandosi a lei, con minore timidezza, ma sempre guardingo e riservato) Clara, perchè questo linguaggio sibillino che mi confonde e m'imbarazza? Io vi guardo, vi odo parlare, e mi domando: chi siete? Avete tutte le seduzioni di mia moglie, ne avete la voce, ne avete il volto, ne avete il nome, le siete simile, le siete uguale, e intanto non siete mia moglie. E io, io che mi vedo lì, in quello specchio, accanto a voi, così impacciato, così timido, io non riconosco me stesso, non posso riconoscermi... perchè, indubbiamente, io non ho nulla di comune con vostro marito. E allora?... E allora chi siete voi? Chi sono io? Che cosa siamo noi due?

Clara

State bene attento, ché ora ve lo dico tutto d'un fiato. Noi siamo un uomo e una donna.

Silvio

Null'altro?

Clara

Mi pare che basti! Volete vedere che basta? *(Con un dito sulla guancia)* La bocca qui....

Silvio

(trattenendosi) Badate: si sa come si comincia, e non si sa come si finisce....

Clara

Oh! Io lo so come si finisce!

Silvio

(commovendosi) Clara!...

Clara

Senza commozione!... Si esegue, e zitto! Qui.

Silvio

(dandole un bacio sulla guancia prende l'aire e si accalora) Ah, grazie! Sì, avete ragione, avete ragione: è inutile sapere che cosa siamo o non siamo noi, è inutile perdersi in tante distinzioni minute, è inutile tormentarsi il cervello, è inutile discutere, è inutile riflettere, è inutile pensare, è inutile....

Clara

(interrompendo e alzandosi) Piano, piano adesso! Non esageriamo.... E, soprattutto, non precipitiamo gli avvenimenti. (Guardandolo dalla testa ai piedi con molta furberia) Va bene.... Ho capito.... Ho capito.... (Si scosta.) Volete ancora del té col latte?

Silvio

(alza le spalle in segno di diniego. — Poi, dopo un altro momento di mutismo) E voi... non me lo date un bacio?

Clara

... Chi sa! (Tocca due volte il bottone del campanello elettrico.)

(La Cameriera entra dal fondo.)

Clara

Accendete in camera mia.... E aspettatemi lì.

(La Cameriera attraversa la stanza ed esce per la porta laterale a destra.)

Clara

(fissando Silvio con graziosità invitante) Buona sera....

Silvio

Non ci vedremo più, dunque, sino a domani?

Clara

... Chi sa!... *(E si avvia lentamente verso la sua camera. — Quando sta per entrarci, si volta di botto, e chiama bruscamente:)* Silvio!

Silvio

Son qui.

Clara

(con rapidità, quasi con violenza) Credete tuttora che Gino Ricciardi *sia stato* il mio amante?

Silvio

(retrocede come se avesse ricevuto un pugno nel petto) Clara!...

Clara

Rispondetemi!... Lo credete tuttora?

Silvio

Ma...

Clara

Rispondetemi!

Silvio

È una domande stranissima....

Clara

A cui non avete il coraggio di rispondere.

Silvio

Clara, ve ne scongiuro, non m'interrogate così....

Clara

(trasalendo) Non avete il coraggio di rispondere!... Ma la risposta è nel vostro silenzio, è nel vostro sbigottimento, è nella vostra sorpresa. Io ve la leggo negli occhi,... Sì, sì, voi credete tuttora che Gino Ricciardi *sia stato* il mio amante!...

Silvio

(mostrando di non essere sincero) Ma no....

Clara

Sì, lo credete!... *(Esasperandosi)* Dio! Dio!... Voi lo credete, e fate la pace con me! Voi lo credete, e siete disposto a perdonarmi... Anzi, che dico?, altro che disposto!..., mi avete già perdonata!... Voi lo credete, e mi desiderate, e vi lasciate sedurre da me: — vi lasciate sedurre evidentemente come da una *cocotte....* Voi pensate nientemeno *che io sia stata d'un altro...* precisamente! ch'io... sia stata d'un altro, e intanto eccovi lì, umile, eccovi lì ai miei piedi, aspettando, come una grazia, che io vi riapra la porta di quella stanza dove fummo marito e moglie. *(Al colmo dell'esasperazione)* Ma dunque a che serve mantenersi su, su, in alto, sempre in alto, a che serve, a che serve essere quella che sono io, se l'ultima delle femmine non varrebbe, per voi, in questo momento, meno di me?! *(Ridendo convulsa)* Ah ah ah! Minacciaste di ammazzarmi il giorno in cui, compiendo una delle vostre fatiche di poliziotto, mi sorprendeste in casa di quel vanesio! Sarebbe stato, in verità, un po' troppo, ma, ammessa la vostra sfiducia, sarebbe stato più logico di quel che fate adesso. Invece, no, non mi ammazzaste, e mi chiedeste una giustificazione. Giustificarmi? Giustificarmi quando la mia coscienza si sentiva più che mai trionfatrice? Giustificarmi di che? perchè? con chi? Voi non mi ammazzaste, io non mi giustificai. Il separarci sembrò a voi una punizione inflitta a me, sembrò a me una punizione inflitta a voi. E aspettai. «Egli comprenderà — pensavo io —: comprenderà che un amore come il mio non può aver corso nessun pericolo, non può essere stato vinto da nessuna tentazione. Comprenderà che una moglie come me non deve potersi giustificare, *non deve* giustificarsi!» E speravo — sciocca che ero! — speravo di salvare me e voi da una volgarità. Ma ora?... Ora che all'ingiuria dell'accusa voi aggiungete quella della più ignobile transazione, ora ci rinunzio alle mie ultime illusioni. Sta bene! Affogheremo insieme nella volgarità. Mi giustificherò! Mi giustificherò... perchè quando un marito, pur sospettando la moglie infedele, ritorna a lei, questa, se è innocente, non può che gettargli sul viso la propria innocenza e la propria onestà come si getta dalla finestra un cencio inutile! Mi giustificherò, mio caro, e vi darò anche le prove di non essere stata l'amante di quel signore....

Silvio

(urgente) Le prove?

Clara

(incalzandolo con ansia irosa) Dite, dite: le volete queste prove?

Silvio

Ma per quale ragione non dovrei volerle? Vi meraviglia tanto che un marito ami una moglie della cui fedeltà irresistibilmente dubita? Sarà orribile, sarà mostruoso, Clara, ma è umano, e, siatene certa, non sono io il solo marito che si trovi in queste condizioni! Ah sì!... Perchè non vi ammazzai quel giorno? Perchè io non sono di quegli uomini che ammazzano, e anche perchè considerai... tante cose. Considerai che voi stessa mi avevate fatto chiamare, considerai che avreste forse potuto tentare di nascondervi e non lo avevate voluto, considerai che l'espediente di simulare una burletta d'accordo con me non avrebbe ferito colui se non fosse stato un espediente verosimile.... Eppure, lo confesso, continuai a dubitare.... Oh! chi potrà mai essere sicuro d'aver distrutto il germe del dubbio nel cuore d'un geloso?... E quel che è accaduto poi in me, voi dovete comprenderlo... anche perchè è stato in parte opera vostra, tanto vero che, poc'anzi, mi dicevate, celiando, d'avermi fatto un po' di corte. Il mio mutamento era graduale e inconsapevole.... Costretto a vedervi ogni giorno durante la finzione d'un pranzo coniugale dedicata ai domestici ed esposto ogni giorno al vostro armeggìo, a poco a poco ho sentito il bisogno di soffocare il sospetto, di mentire con me stesso e di riottenere, comunque, la vostra amicizia... che so?... il vostro amore. Ero riuscito a convincermi di non esser stato tradito No, no, e intanto il dubbio del tradimento, nel mio cuore, nei miei nervi, non era più incompatibile col *desiderio* della nostra unione. Il perdonarvi m'era diventato necessario: mi pareva una debolezza, una vigliaccheria forse; una colpa no! Ma poichè voi mi date la speranza di potermi assicurare, decisivamente, luminosamente, della vostra innocenza, poichè voi me ne offrite le prove, posso io avere l'abnegazione di rifiutarle? Ah no! È più forte di me. Queste prove, Clara, io non le rifiuto, io non devo rifiutarle, io le voglio, io ve le chiedo.... Abbiate pietà di me... Datemele!... Datemele!...

Clara

(con crescente sovreccitazione) Ah! le volete davvero?... Le volete davvero?... Ancora le volete?... Ed eccole qua! *(Aprendo convulsamente il cassetto dello scrittoio, cavandone in disordine delle lettere chiuse in busta o senza buste e gettandole man mano, violentemente, a Silvio)* Prendete

queste lettere.... Prendetele tutte.... Leggetele.... Guardate in due mesi quanto mi ha scritto quel signore che io trattai come un fanciullo.... Ha tentato di rifarsi sperando di commuovermi? Ha sognato una vendetta? Ha voluto dimostrarmi d'essere più innamorato che imbecille? Si è realmente innamorato di me? Lo sa lui! A me non importa, e non la voglio sapere. Certo è che ho ricevuto una... due... tre lettere al giorno.... Certo è che io non ho mai risposto.... Certo è che mi pare ridicolo e umiliante il dovermene vantare, io, io, che, qualche volta, le ho lette soltanto per riderne e che spesso non ho fatto neanche questo, e non ne ho riso, non le ho lette, non le ho aperte neppure.... *(Accendendosi, agitandosi)* Se non credete che io abbia preparato a bella posta — oh! sareste capace di crederlo! — delle lettere d'innamorato incorrisposto e deriso, leggetele..., su... *(trattenendo le lagrime)* leggetele... leggetele... divoratele... godetevi, finalmente, la mia fedeltà bestiale.... Ma non ve ne gloriate troppo, no... e non ve ne rallegrate... perchè io... perchè io... perchè io non ne posso più! *(Si lascia cadere sopra una seggiola e scoppia in un pianto dirotto.)*

(Mentre Clara, col volto fra le mani, singhiozza, Silvio raccoglie le lettere; ma, sconcertato, ammonito dalle parole e dal pianto di lei, frena l'avidità di leggerle tutte. Paurosamente si limita a guardarne appena qua e là alcune; poi subito se le ficca in tasca. Il suo volto s'illumina di gioia. Piano piano, i singhiozzi di Clara cessano. Egli, mortificato, le si avvicina.)

Silvio

(le si avvicina, umile e affettuosissimo, con la mani giunte) Clara!...

Clara

(asciugandosi gli occhi, e assumendo di nuovo il suo contegno altero) Basta ora! Non ne parliamo più!

Silvio

Almeno... posso chiedervi scusa?

Clara

No! perchè, tanto, la partita è saldata.

Silvio

(perplesso) Che intendete dire?

Clara

Intendo dire che io ho mantenuto il mio giuramento.

Silvio

(sbarrando gli occhi) Quale?

Clara

Ah! Non lo ricordate il nostro patto?

Silvio

Volete farmi paura!

Clara

Voglio essere sincera. Io vi giurai che il giorno in cui voi mi avreste accusata veramente, io mi sarei veramente decisa a tradirvi....

Silvio

Clara, per carità, non ricominciamo....

Clara

Non c'è nulla da ricominciare. Mi accusaste sul serio? E l'amante, che vi dovevo, l'ho scelto, e l'avrò!

Silvio

No!

Clara

Sì.

Silvio

(con uno slancio di stupore e d'indignazione) Ma chi è dunque?

Clara

Cercatelo.

Silvio

Il suo nome?

Clara

Cercatelo.

Silvio

Ma no!... Non è possibile!... Gino Ricciardi non è — e non ce ne può essere un altro!

Clara

Chi lo dice?

Silvio

Lo dico io, che in tutto questo tempo non ho fatto che spiarvi....

Clara

Bravo! Sempre lo stesso!

Silvio

.... non ho fatto che seguirvi, non ho fatto che indagare.... E se qualcuno fosse già o stesse per diventare il vostro amante, parola d'onore, Clara, *(con forza)* io lo conoscerei!

Clara

Ecco come siete voi altri mariti! Le vostre mogli vi sono fedeli sino all'eroismo?, e voi le credete traditrici. Vi tradiscono davvero?, e voi avete le traveggole!

Silvio

Ma di che volete convincermi?

Clara

Della verità!

Silvio

(tra l'angoscia, l'orrore e la speranza) Ebbene, giacchè io non so trovarlo questo vostro amante, abbiate voi il coraggio di compiere la confessione, e ditemi: — chi è?

(Un silenzio.)
Clara

(sempre seria, fredda e fiera, gli si accosta e quando gli è molto vicino gli dice sul naso seccamente, con una rabbietta selvaggia:) Sei tu!

Silvio

(inebriandosi) Ah! Clara! Clara! Tu sei un angelo!

Clara

(severa) Un poco meno d'un angelo: sono una donna. Modera il tuo entusiasmo, e comprendimi. Dovevo scegliere per amante un uomo che mi piacesse quanto tu m'eri piaciuto. Ho cercato, sai, ho cercato, e, mio malgrado, ho dovuto... scegliere te. Se io fossi la moglie d'un altro, tu saresti il mio amante. *(Con rammarico, quasi con dolore)* Sei quindi il solo uomo con cui io possa tradirti. Disgraziatamente, è così.

Silvio

(di scatto) Sottigliezze! Sottigliezze! Io non sono forse tuo marito?

Clara

Ah no! Ho sentito di poterti essere infedele dal momento che mi hai accusata.... Ho sentito di non poter essere più tua moglie dal momento che hai accettato il mio amore sospettandomi ancora colpevole. Dapprima — intendimi bene — hai meritata la mia infedeltà; poi hai meritato d'essere niente altro che il mio amante.... — Marito!?.... Ah! no no no no! Marito... mai più!

(L'orologio suona le dieci — Breve silenzio.)
Clara

(mutando tono) Tra qualche minuto, sarà qui Gino Ricciardi.

Silvio

Lui! Sempre lui! *(Con furore)* Ma io lo farò pentire della sua insistenza!....

Clara

Non sei di quegli uomini che ammazzano...; e poi saresti ingiusto, visto che appunto la sua insistenza ti ha fornito le prove che desideravi.

Silvio

Non lo riceverai, spero.

Clara

Lo riceverò!

Silvio

Proprio questa sera?

Clara

Sì, perchè proprio questa sera io non ho più bisogno di *non* riceverlo, come proprio questa sera *non* ho più bisogno di conservare le sue lettere. Non vuoi, dunque, che io gliele renda?

Silvio

(animandosi di desiderio) A condizione però che tu renda a me, prima ch'egli venga, il bacio che t'ho dato.

Clara

Adesso?!

Silvio

(prendendole le mani) Adesso, Clara!... Adesso!..,

Clara

(svincolandosi e sfuggendogli) No!... Lasciami, Silvio!... Il momento non è opportuno....

Silvio

(inseguendola e cercando di abbracciarla, di circondarla, di ghermirla) Per chi non è un marito... tutti i momenti sono opportuni!

Clara

(fingendo di volersi difendere) Silvio!... Silvio!.... Che fai?... Tu mi manchi di rispetto.... Tu diventi audace....

Silvio

(afferrandola forte per baciarla) Divento un amante, mia cara....

Clara

No... no... Aspetta....

Silvio

Adesso!... Adesso!

Il Servo

(annunziando con zelo energico) Il signor Ricciardi!

(Alla comparsa del servo, Clara e Silvio si distaccano, quasi mortificati. Sono tutti e due rossi in viso, commossi, vibranti. — Pausa.)

Silvio

Auff!... Che caldo!...

Clara

Che caldo! *(Al servo:)* Passi.

(Il Servo esce.)
Silvio

E io?

Clara

Tu, presto, dammi le sue lettere, e nasconditi.

Silvio

(vivacissimamente) Mi nascondo, sai... ma, quanto alle sue lettere, in fede mia, devi pagarmene il riscatto! *(Scappa nella camera di Clara.)*

Clara

(subito, tra sè, fermandosi un istante, graziosamente e con un lieve gesto di abbandono sensuale:) Ci casco! Ci casco! *(Rincorrendolo)* Silvio!... Senti... Senti... *(Esce.)*

ULTIMA SCENA

RICCIARDI, *la* CAMERIERA, *la voce di* CLARA.

Ricciardi

(in frac e cravatta bianca, e con un gran flore all'occhiello, entra brillantemente, salutando) Contes.... *(Non vedendo nessuno)* Be'?... *(Si stringe nelle spalle. Va allo specchio, vi si guarda, ai arriccia i baffetti.)*

(Dalla camera di Clara si avanza, imbarazzata, la Cameriera.)

Ricciardi

(con sussiego) La contessa?

La Cameriera

La signora contessa è di là, e prega vostra eccellenza di aspettare....

Ricciardi

Tarderà molto?

La Cameriera

(impacciata, guardando a terra).... Eh!... Non saprei....

Ricciardi

Aspetterò.... Anzi, ditele che non si disturbi per me.... Non abbia fretta.... Faccia liberamente il suo comodo....

La Cameriera

(non si muove, come se avesse qualche altra cosa da far capire.)

Ricciardi

Andate, vi prego.

La Cameriera

In verità, la signora contessa mi ha mandata via, e mi ha ordinato espressamente di non rientrare per ora nelle sue stanze... per nessuna ragione.

Ricciardi

... Di non rientrare più nelle sue stanze! Questo vi ha ordinato?... E se capitasse qualche visita?

La Cameriera

Per qualunque altra visita, la signora contessa stasera ha l'emicrania....

Ricciardi

(gradevolmente sorpreso, ha un sorriso furbesco) Ah!... (Indi con affettata diplomazia) Bene! Bene!... Ho inteso.... (Congedandola con la mano) Grazie!

(La Cameriera esce.)

Ricciardi

(tra sè, emozionato:) Possibile?... Eh!... Chi lo sa?... Queste donne!... *(Riflettendo)* Potrebb'essere l'effetto della mia ultima cartuccia: la partenza!... *(Ha gli occhi sfavillanti di speranza, la fisonomia un po' accesa.)* E perchè no?... Perchè no?... — *(Fantasticando e gradatamente assumendo un'aria trionfale, si sdraia sopra una poltrona)*... Eh eh! Finalmente!...

La voce di Clara

... No, Silvio... no... no... no... *(Indi, una risatina, prodotta da solletico.)*

Ricciardi

(Trasalisce. — Gira lo sguardo intorno. — Comprende. Spalanca gli occhi. — Si alza. E, mettendosi il cappello, quatto quatto, piano piano, sulla punta dei piedi, se la svigna.)

Cala la tela.
(Fine della commedia.)